KB251422

글나무 시선 29

기차는 오는 거고 기차는 가는 거고

기차는 오는 거고 기차는 가는 거고

글나무 시선 29

기차는 오는 거고 기차는 가는 거고

저 자 | 양준호
발행자 | 오혜정
펴낸곳 | 글나무
주 소 | 서울시 은평구 진관 3로 32, B동 516호(파크앤타워)
전 화 | 02)2272-6006
e-mail | wordtree@hanmail.net
등 록 | 1988년 9월 9일(제301-1988-095)

2026년 2월 20일 초판 인쇄 · 발행

ISBN 979-11-93913-33-8 03810

값 10,000원

기차는 오는 거고 기차는 가는 거고

양준호 시집

나비는 화사花蛇 잠시 소녀의 파도를 이끌고 갔다
수십 년 혹사한 언어야 미안하다
구천의 파도 소리 철썩이는
지금
수차례
무서운 꿈 이후의 스톱워치
언어와의 노선은 끝났다
누군가 나를 이 지구상에 떨쿠어 놓았나?
손잡이를 꼭 잡으세요
아, 저 비를 보내시는 비는 누구신가?
오늘은 수요일

2026. 1.
奉天 寓居에서
靑瓦 梁埈豪

차
례

차
례

양준호 시집

기차는 오는 거고 기차는 가는 거고

1

설사의 알망드

보인다 보여, 아
— 소녀열전 78

지금 그 소녀는 꽃뱀의 이력에 대하여, 나 몰라 나 몰
라 계산을 하고 가고 시인의 눈발 젖무덤을 피해 간 아
보인다 보여 소녀의 뒤통수에서 아이들은 풀잎 피리를
불고 갔다

팔자

돌아서 가꾸던 Eros의 벽화엔 금이 가고*

* 조향, 「처처춘방동」

설사의 알망드
―소녀열전 10

기나긴 줄 꽃들이 고개를 늘어뜨리고 있다
오기는 오는 걸까
검은 비는 네거필름 속으로만 내린다
피륙으로 나부끼는 작부의 거들 팬티

― 짜식 골라 가면서 사람 차별하네

공포는 통로의 에피소우드*

― 왜 이리 설사가 낫지 않지 바알간 상처 자숙의 시
간을 가질까요
　― 아직 시간이 많이 있지 않습니까

　날아라 날아 날짐승 날짐승은 하루 낮 동안 자동차만
구경한다
　저 지구 꽃잎의 삽화 속삭이며 진다

　소리개의 하품은 하얀 미학이다*

소녀들을 메고 간 장정들은 아직 오지 않는다
찌르 찌르륵 찌르 찌르륵
겨울나무는 손끝 우윳빛 눈물 전등을 켠다

장군의 동상이 소피보는 달밤에*

* 조향, 「검은 ceremony」 인용

꽃 속을 날다 우단하늘소

복창한다 하나 힐 하나 힐 숨 가쁘다 가빠
새가 떠난 플라타너스 그늘로 가실까요
촉각의 두드럭메뚜기 팔딱팔딱 제일 나아 보이는군

발길에 채이는 돌멩이 하나도 함부로 대하지 않았던
아버지, 내 아버지가 못내 그립다*

오늘은 한 바퀴를 거기로 할까
사도 요한 너는 무엇을 망설이는가

미래에 대해서 꽃구름에 대해서 사색하는 팔랑개비
잠깐 뒤태를 봐도 되겠습니까

아 커피도 좀 마셔 봐

꽃구름 구름 미래에 대해서 사색하는

자줏빛 누드**

* 전명혜, 「늘목산장에서 별을 보다」
** 샤갈 작품

찾다, 비오리를

아서라 아편에 취한 노고지리 제 살점을 파먹고 온 날
부두에선가 여인의 복숭아 빛 빗방울은 홀로 잠을 털고
있었다

어무니,

홀로 어무니

게으름은 녹색으로 칠해진 캔버스다*

* 조향, 「디멘쉬어 프리콕스의 푸르른 산수」

검은 데포르마시옹을 줍다
―결국 28

그 밤 콜로세움 투기장의 메뚜기는 눈이 칼칼 목이 칼
칼 입술 칼칼 괜스레 잠들어 있었다

꽃바람 바람을 몰고 간

그자는 누구인가

오정이 되기 전

지중해의

어떤 빈 터전을 찾아가서 실컷 잠자코 있어 본다*

* 이싱, 「역단」

정적의 벌레, 또는

오전 열 시 반

나는 잠시 그 여자의 눈 속에 아픈 불덩어리를 집어넣
는다

새로운 나비가 불타고 바다로 떠나갔다

새로운 새가 불타고 바다로 떠나갔다

새로운 달이 불타고 바다로 떠나갔다

아, 무한대의 하늘

햇살 탓일까 나뭇잎 탓일까

거대한 동상이 날 내려다보고 있다

누구 심방할 여자 있나요

정적靜寂의 벌레가 정적의 벌레 뒤를 하염없이 따라가
고 있었다

화폐의 스캔달. 눈에 띄우지 않는 폭군이 잠입하였다
는 소문이 있다*

* 이상, 「가외가전」

하얀 물고기가 놓친 바다
—동덕 김병휘 화백에게

산소 좀 주세요

의자에 앉아 있는 물고기는 마치 깜박대는 주황색 전구로 보입니다

자 내리실까요

아침의 파도 소녀는 슬픈 전설 제 존재를 받들고 온다

때는 하오 무한 구름 속을 탈출하는

제라늄 암술 수달처럼 짖어대는

바다 바다 바다

몇 시인가

여기는 부지기수 부지기수

수만 바닷새 어련한 리비도 붉은 울음 울고 가는

비금새[飛禽鳥]의 바다

바다

신성한, 저且 8씨의 출발*
— 백남준 10

희망 백화점에서 나오는 숨 가쁜 새들에게선 철쭉 향
이 난다구요
그날
난
한 소녀의 분홍빛 누드로 숨어버린 얼룩무늬 TV를 기
억하지 못했습니다
그래선가
그날 비의 폐포肺胞 까맣게 칠하고 온 날
숨죽이듯 구월의 내 호남선엔 까만 소녀의 누드 뒹구
는데
깨어라
꽃
깨어라
꽃
그날
난
한 소녀의 분홍빛 누드로 숨어버린 얼룩무늬 TV를 기
억하지 못했습니다

사람들은 천사의 정조의 모습을 지닌다고 하는 원색
사진판 그림엽서를 산다*

* 이상 작
** 이상, 「흥행물천사」

포물선 궤도

저 좀 보실래요

황혼 녘 스프링새우는 금싸라기 햇살에

눈멀어 큰하늘지기 현존을 껴안고 있었다

신은 어디로 가셨나

소년의 꿈속 푸조나무는

갈래 갈래

소녀의 가슴에서 아나나스 신음을 듣고 갔다

소년아, 총상의 곤줄박이를 보았니

글쎄요 저 깊은 이내의 밤

갈래 갈래

또

갈래

눈사람의 빙판氷板
― 소녀열전 163

바다는 웅얼거림을 멈춘다
초롱한 눈의
느티나무에 소녀의 생리대를 매달까
'돌-아-오-라'
'이놈아'
물고기는 걸어서 사막을 구경한다
'청와靑瓦라'
뭐 동네에 널브러진 기왓장 그거 말이죠
옛날 그 옛날에
나이 구십줄(?)의 아브라함이 번제물로 제 새끼를 바
치러 갔다던가
아직 21세기는 끝나지 않았는데
으깨진 맷돌에
아슬한 눈사람의 빙판
'야, 관리 아저씨 꽃 털 좀 세탁해 드려'
벌레들은
다시금
무심히 제 어미의 자궁 구조를 관찰하기 시작한다

동화 가운데서 넌지시 포신이 회전한다*

* 조향, 「문명의 황무지」

노을나비

한 수 하실까요 나비는 노을나비 푸르른 입술의 소녀
는 호올로 영산백에 기대어 눈물의 시원 얼룩송아지 화
사한 아기 난초의 촉을 지키고 있었습니다

물고기 주변*

*파울 클레 작품

4절 이하의 녹슨 방아벌레

빨간 콤마의 세미콜론에게선 아무 저작咀嚼도 없었습
니다

소녀의 갈색 나신裸身에선 샤스타데이지

속내의 눈을 떴다구요

스탬프 방식

이날도 조개새우의 꿈 제1촉각에선

길 잃은 비둘기 길 잃은 노을을 쪼고 있었습니다

요 요 요 요

백색 알몸의 계관화

남루의 흰 표적 찾아가는 길

귀 푸른 날의 사상

까아만 눈가리개 밤을 뚫고 와 새벽을 열어젖힌다

글썽 그리핀 오리엔트의 기원

가시 가시 가시내야

현세現世의 뱀눈 밤비 같은 마지막 꽃빛 퍼레이드로나 갈까

오늘 욥 형제님은 또 어디로 외출하셨나

그래도 현대시의 내적 정서 시어는 존재한다

슬픈 실존의 서러움을 확인하고 가던

사연 헤일로 후광 부두의

빗소리 귀 푸른 시인은 어느 숲에 숨었나

윤슬의 서해 서해는 밀려가고 또 밀려오고

눈이 내리면 어이하리야 봄이 또 오면 어이하리야*

저리도 부서질 듯 가슴 설레고 가는

호젓한 가을 손톱달의 눈물 가는 여우비

우리 만나요

습습한 가을비 젖은 우산 속 공개적으로 만나요

도형 당혜 圖形唐鞋

저 출근길 구로디지털단지의 무서운 인파 속

잠시 스치듯 남방부전나비 한들한들 벌판을 우러르

고 있었다
　밤베르크 성당
　절묘한 로마네스크 바실리카식
　최후의 심판

　*서정주, 「푸르른 날」

화야산*의 기가起家

진홍색 꿈의 벌판
화야산에 수천의 다리붉은도요를 푼다
보답이랄까 아직도 내 무아無我의 새를 의심하고 가는
이 나라의 부르주아 시객들은
키득키득 한 시인을 의구疑懼하고 가더군
내 눈살미를 배려하던
아직 부드러운 수호천사는 어디로 갔나
혀가 마르다
그 거리를 아작거리던 이국종 폭스테리어와
눈싸움을 그칠 것
일급수의 개울 내 빨간 불꽃 정신력의 과거를 씻을까
꿈속 야윈 내 어깨에 기대어 보는 적적한 사나이 예수
그리스도
거리를 본다
걸어가는 짐승을 본다
뛰어가는 짐승을 본다
날아가는 짐승을 본다
흰 모가지의 사내 조르즈 루오**가 미처 놓친 유채의
푸른 하늘가

허적의 콧잔등 훌쩍훌쩍 영신靈神을 손질하고 간다

그래서

또 서러운 날

* 전북 완주군 운주면 산북리 611-34
** 프랑스의 화가. 작품 〈은밀한 기억〉

조각사의 꿈

태풍의 거친 눈빛 어지러운 숨결 오려나
줄흰나비는 검은 미래를 위하여 미리 물고기의 꿈을
꾸고 간다
아아 어머니는 보리철의 빗속
눈부셔라 레테 회고의 강을 건넜을까
사자요 사자
사자요 사자
저 대사리* 등불 깜박이는 으슥한 벼갯닢의 달무리
하늘
바이러스 말 등에 실려 온 조반병
외사촌 푸릇 솜털 경이의
깜장 눈망울 같은
두 알 피레노이드** 개머루
어디로 가나
어디로 가나
줄흰나비는 검은 미래를 위하여 미리 물고기의 꿈을
꾸고 간다
돛대 하나 얄궂어라 싹쓸바람
조각사의

정교한 칼 끝 유연한 꽃밭

메리골드

그 누구 메리골드 영혼을 회복하고 가는 자

* 경남 김해시 대사역(대사리)
** 이끼식물 및 이보다 하등식물의 엽록체에 포함되는 부속
   기관

꽃잎나비
— 대상 리비도 42

어머니 그 새가 울고 간 날이 언제던가요

지금은 화사한 염천炎天 보랏빛 지느러미들이
강의 상류로 상류로
꽃안개 물고기의 해골 사라진 알섬을 찾으러 갈 시간

"난은, 짐승들이 흘레하다 흘린, 그 정수가 피워낸 꽃
이라잖느냐? 도는 그래서 난이라 이른다."*

남도는 언제부터 빗소리로 가득 찼나요
어머니, 어머니
이젠 제 눈빛의 구겨진 역사를 찾아 주세요

새라 새 날짐승 뒷손 쫓아가는
여기는 오버 성난 지구의 24시
새벽잠에 취한 손톱달만 훌쩍이고 있네요

너펄거리는 남루의 의상 속

은애— 나의 착실한 경영이 늘 새파랗게 질린다**

* 박상륭, 「소설법」
** 이상, 「육친」

내 회색 누두망漏斗網*의 가을 부두

보스락

내 과거사에서 힘겹게 허리를 일으키는 넌출모란의
꽃구름

보스락

내 백치미 과거세의 눈빛에서 힘겹게 허리를 일으키
는 꽃무지

보스락

내 손바닥에서 힘겹게 허리를 일으키는 까치놀의 꽃
발게

지금 그래 내 허기의 뇌관 남루 구천 원의 잔치국수에
도 목이 멘
바닷새의 그림자를 쫓아가 볼까
부드러운 눈은 내 원시의 추억처럼 온다
사르륵사르륵 형, 언제쯤 저 눈발은 언제쯤 그칠까요
꽃그늘은 꽃그늘을 피해 의지의 어느 바다로 떠났나요

안녕히 계세요 도련님 저승이 어딘지는 똑똑히 모르
지만 춘향의 사랑보단 오히려 더 먼 딴 나라는 아마 아

닐 겁니다**

멀리 또 멀리
피마자밭의 기린 가을 부두에서 홀로 울고 있었다
분자도 방가邦家도 바람도 볼 수 없던 짐승의
피투성이 상처뿐일 이승

* 그물의 하나
** 서정주, 「춘향 유문」

우주여행

마치 무당 옷차림 몸통 노란 무당거미들 수줍게 누군
가를 기다리던 무자년戊子年

그날 밤

어머니의 푸른 눈썹을 물고 간 밤 슬픈 고지새는 어디
로 갔을까

다가올래

조심

다가올래

초가을의 파아란 꿈속이던가

한 시인 숨김표를 훔치러 간 아이는 돌아오지 않았다

비 온 후

그날 벤저민의 꽃 자국

저기 저 쇠 파이프를 들고 가는 남자

나비가오리의 꿈

고창 바다 눈이 부시게 푸르른 날의 흑갈색 가오리는
어디로 갔나
그 나라의 아가미를 발주한 순백의 프리지어 향기는
또 어디로 갔나
저 좀 보실까요 먹파도의 부서짐
소쩍새는 오늘 또 한 시인이 서녘 하늘에 숨겨둔 시의
농담을 찾아서

눈보라 휘돌아간 밤 얼룩진 벽에 한참이나 맷돌 가는
소리*

이리로 갈까 저리로 갈까 바다공원 서녘 하늘가를 서
성이는데
저 좀 잠깐 보실까요
오늘도 입술 고운 훨훨 나비가오리를 찾아 잠시 지구
를 떠났다는데

고산식물처럼 늙으신 어머니가 돌리시던 오리 오리
맷돌 가는 소리*

나비 나비 여기선가 저기선가

소쩍새는 이승 한 시인의 푸르른 찰나를 헤아리고 있
었다

희야 우리 우주 스테이션에나 가 볼까

포물선을 역행하는 역사의 슬픈 울음소리 나는 벌써
기절하였다**

＊박용래, 「설야」
＊＊이상, 「시제십사호」

티티새, 그리움
─ 소녀열전 157

저 파도를 구워 먹자

두개골 속을 가는 지빠귀의 그림자

음 손을 내밀까요 말까요

파란 하늘가를 걷고 있었다

다시 달팽이의 테두리 속을 가는

잠시 기절한 소녀는 소녀를 둘러메고

나는 거울 있는 실내로 몰래 들어간다 나를 거울에서
해방하려고, 내가 그 때문에 영어되어 있드키 그도 나 때
문에 영어되어 떨고 있다*

* 이상, 「시제십오호」

2

감사 편지 보내는 오브제 S

회억이라는 꽃잎을 주고 간 여인
— 소녀열전 69

포도는 터질 때를 알아야 진실로 포도답다

은유의 망막에서 그물을 걷어낸다

광란하는 바다가 보였다

바다는 잠시 새의 과거를 추억하는 듯 보였다

저 꽃 피어나는 지평선

오르간을 안고 오는 소녀

실크빛 종아리가

미소:

빨갛게 빛나고 있었다

그러나 CROSS에는 기름이*
— 소녀열전 11

스쿠프 조심 가을 하늘에 그물을 치러 가자
비 내리는 날의 자고새는 미궁이구요
달랑게의 노랫소리 젖어 드는 바다도 미궁이구요
주 예수 그리스도 수난 성금요일의 족장도 미궁이구요

아버지, 하실 수만 있으시면 이 잔이 저를 비켜가게 해
주십시오**

우주의 젖꽃판 막연 감상의 숨 가쁜
시선 히스로 공항의 이내 푸른 안개빛
그날의 몹쓸 서양 것 털투성이 금발 소녀의 입술도 미
궁이구요

어디선가 산꿩이 울고 오월의 찔레꽃 향기가 풍겨오
는 듯하였다***

그냥 스칠까 스칠까나
수호천사 비틀비틀 걸어오는 내
첫새벽의 귀한 눈물천을 연다

오늘도 청대춧빛 아련한 청상青裳 도시의
목메인 단층
절규

* 이상, 「BOITEUX·BOITEUSE」
** 마태오 26:39
*** 구양근, 「찔레꽃 향기」

필로소마의 이력

희야 잘 있었니
아침 수평선 간조 시 모랫바닥에선
푸른 안개, 게지배의 누드를 가리고 갔다
창밖엔 이글이글거리는 흰 혓바닥의 봄비는 그 눈빛
을 숨기고 왔다는군요
우주,
우주의 오다리* 탐색이라
지구의 조갯속게에선 아직 연락이 없다는 걸
안개는 칠십 소년 나의 속내를 어디로 모시고 가나
희야
돌아보지 마
희야
돌아보지 마
그 검푸른 어스름녘 세레나데는 들었니
아직도 달 미성의 무늬 속
흰 가슴의 까치 울음 연무 속 사도 요한이 떠난 바닷가
희야
희야
눈먼 말벌 떼는 제 존재에 대해 한참을 울고 갔다

젊은 숙녀의 모험**

* 잠자리[경북]
** 파울 클레 작품

아침 고양이 F
― 그물초抄 3

동고비는 날아서 날마다 꽃잎처럼 진다

밤바다는 소녀의 까아만 눈빛에서 허둥거린다

관악 내 마음의 온실에서 글록시니아 꺼이꺼이 울고
가는데

새야
넌 아침 고양이를 좋아하니

아,

꽃,
꽃웃음,
동고비는 날아서 날마다 꽃잎처럼 진다

아니 속으로 꼬물대는 상태

상태 아니 정지된

세상은

허무한 상태

수레국화가 간 곳

빗방울 속으로 사라진 검은 꽃의 눈썹은 어디로 갔나요

쑥고개 성당의 현관 가을 수레국화가 햇살 속을 졸고
있다

시침時針을 돌릴까요 여보세요

맨 처음 간직한 갈색 하늘 생각의 비 울고 갔다는데

권 마리아 마리아 수녀님을 떠올리면

지금 산소 방울을 따라간 차돌은 어디로 갔나요

빗방울 속으로 사라진 검은 꽃의 눈썹은 어디로 갔나요

글쎄 무한 하늘을 파닥대던

햇살 내 수호천사의 눈 시린 푸른 커브 갈문망둑의

자자브레한 고독들이 골목 으슥한 데로 몰려드는 황
혼 무렵*

배회

남루한 청상 품에서 탈출했다는 까만 달의 유두를 뒤
쫓는다

사랑앵무는 자줏빛 햇살 눈멀어 녹색 띤 오로라 자리

철골소심 헤엄치고 간

한쪽

자리의 눈

물었잖아

네가 멍들었어 멍

거대한 바닷개[海狗] 잔등을 무사히 달린다는 것이 여
자로서 과연 가능할 수 있을까*

 * 이상, 「광녀의 고백」

문자 외출 K

전깃줄 회고의 내 친구 0.7의 시력을 걸어 놓은 걸 누구
보았소

눈추억의 반응 연쇄 살빛 초록길 봄보리 잃었다네요

눈뜨는 당일 배송 지금 화원에선

서으로 갈까 자 동으로 갈까 금일도 도금양과 구아바
나무 속

사라진 한 마리 무화無花 갔다 소년의 하얀 나신

무색계의

무중력 파란 구름 리본을 꽂아놓고

집집마다에 등불이 매달려 가면*

* 조향, 「디멘쉬어 프리콕스의 푸르른 산수」

감사 편지 보내는 오브제 S

해안가 철썩이는 파리한 장벽 사이
부재중 절뚝이는 한 시인이 오고 있었다
연갈색 현기증의 산 마르코 대성당 베네치아 이층 버
스 혼미한 꿈속 그날인가
구문 하얀 그림자
젖은 구름과 걸어 본다 낮잠 속
대가리 암꽃술의
나를 기다리던 주두식柱頭式 가로등 아래
기다리던 홍자색 리듬 베고니아 종일을
빨간 곤돌라 가슴지느러미 허파의 바다를 본다
코로나 회색 하늘 줄지어 기다리던 끈끈한 살빛 바이
러스 고난의
언제쯤 불러볼까 어디로 가셨나 고통의 신은
나무 십자가 거대한
걸어가는 파도를 본다
달 도시 보조기의 호흡 자꾸만 비대면 흘리고 가던
저토록 핏자국 겟세마네 동산 무심한 밤
터질 듯 가슴 터질 듯
아픈 살 가시 찔리는 녹슨 철망 하늘을 본다

네 애인을 불러줌세 아드레스도 알고 있는데*

*이상, 「아침」

그 열차의 깃털 문자

너는 새 깃털 모양의 바다조름 해부대 보았니
바위 사막의 모래 고양이 나른한 햇살 핏빛 꽃잎을 아
작거린다
소요길의 신풍信風따라 온다던 구름 문자 한 시인은
언제쯤 오나
아재비
아재비
저 먼 우주 보스호스트 유영 월석을 찾으러 간
온다던 외계인의 하얀 생각 몰래 숨차하는데
가요 아재비 빨리 가요 아재비 빨리
무심코 지구 대륙을 지키는 들쭉나무 한 그루
천년의 공간 두우斗宇 허적 속을 가는데
자 가실까요
먼동 트는 분꽃 글썽 고운 그 자태
이제는 오늘 사바나 야생의 사자도 글썽글썽
이쁜 세월細月의 눈썹을 가리지 말라구요
무한대는 무한대
노을 빠알간 물꽃치의
거대한 바다 녹빛 허파 속을 간다

피 예 있으니, 피 예 있으니, 어쩔 수 없어*

* 서정주, 「선덕여왕의 말씀」

한 새의 푸른 느낌

봉천동 어느 옥상에선 더운 빗방울 한 놈 진초록 치마
토란잎에서 알을 까고 있었다

피고 지고 피고 지고 지척 간의 노 입술 루주의 작가
가 안고 온 오월의

미니 장미

소래포구의 검은목두루미는 그 나라에 잘 가셨을까

가자 가자 가자

나리꽃 빨간 그림자 뒤쫓아서 간다

암꽃게 목메어 오늘도 나는

글쎄요

문질러 피의 동그라미 게의 주검

볼울음

주홍빛 꽃밭 짐승처럼 울고 간다

흰 점퍼 회색 티셔츠의 여자 지나간다

거기는 어디인가 귓속 파도 소리 벌떼같이 울고 간다

아 저 어지러운 장갑차는 무엇을 싣고 가나

눈부셔 꽃 피던 날

굴러내리는 딸의 볼울음 본다

우리 한번 사귈래요

송구한 밤

가시나야

가시나

검은 문자의 창
—흔적 5

샛노란 저 초가을 미지의 세계 탐스러운 국화꽃 좀 만
져봐
　어머니의 회고 절뚝이는 비둘기들을 좇으며

　고국의 소녀가 회상 움트는 눈썹 사이 바닷가로 돌아
온다
　환희의 송가 뮤직은 귀뚜라미 베토벤의 X마스

　나는 홀로 규방에 병신을 기른다 병신은 가끔 질식하
고*

　누님 이제 기억의 모자를 벗을까요

어둠 속으로 어둠 속에서 어둠 속으로 어둠 속에서
우아한 여적이 내 뒤를 밟는다고 상상하라*

그러한 도시에서
소녀 새라는 죽은 문자 상징을 쓸어내고 있었다

후는 드디어 깊은 수면에 빠졌다 공기는 유백으로 화
장되고*

*이상, 「파첩」

손톱달 블루스
─ 소녀열전 141

이제는 못 믿겠다구요

전쟁통 초록 미나리는 사지 말아야지

누군가 손톱달 속에서 울고 갔다는데

저런 너도 그런 경우를 당했니

전자 인간 위의 전자 인간

AI 위의 AI

어째 바다가 바다를 부끄러워 한다구요

굵은 로프를 던져 봐

서서히 아침 달 밝아오는데

계집을 잡으러 간 사내에게선 소식이 없는데

가자 같이 가자 마치 저 꽃 미쳐버릴 것 같은

한나절 내내 소식이 없든

조기를 게양하고 간

사내에게선

─ 이걸로 당신의 비밀을 열어 보겠어요.*

* 조향, 「ESQUISSE」

3

기차는 오는 거고 기차는 가는 거고

유월의 산책 코스

감정 조사가 끝났냐구요

처음 맨

분주다사奔走多事

한 쌍의 긴 호흡기呼吸器 게아재비는 흠칫 수서곤충의
길을 간다

회고해보면

꽃은 꽃들끼리 서로의 상황을 위무하고 간다

그 여자를 숨겨논 하늘의 눈꺼풀로

산새도 오리나무 꿋꿋이 발광의 유월을 견디고 간다

아가, 너는 어디서 왔니

상항선 지금 이승 분디성게의

어머니의 등 뒤로 비수빛 모양새 우레가 친다

우루다

우루다*

꽃은 꽃들끼리 서로의 상처를 위무하고 갔다

실-러-다-오

그

자백색 오릿과 눈부신 눈썹

* [옛] 울다

꽃의 본질

꽃이야 피겠지 무한의 전화戰火 속
잠시의 난바다 허무주의 속을 피겠지
아아 그것은 꽃의 미소 뒤태의 신음이었을까

이 고요 속에 눈물만 가지고 앉았던 이는 이 고요 다
보지 못하였네*

민눈양지꽃 이 세상의 고요 파도를 잠식하다
살색 햇빛에 목이 잠겨
저기 저 남해의 시몰라이트의 빗방울

눈물, 이슥한 삼경의 시름, 그것들은 고요의 그늘에 깔
리는 한낱 혼곤한 꿈일 뿐,*

애기삿갓조개에게
야릇한 눈시울로 도움을 청하고는 했습니다

벼락의 향기의 꽃새벽의 옹달샘 속 금 동아줄을 타고
올라오면서*

오늘도 미늘 갑옷 꺼내 보는 남루 민주주의의
5월 선홍의 부신

미네젱거의
꽃

* 서정주, 「고요」

수평축의 파도

수평축水平軸에 한 나인이 서 있었다
바람 입술 루주의 붉은 알람브라 궁전
나인은 마치 반도 입자 판이한 필로소마 같아 보였다

그런가 하아 그런가
내 눈시울 눈시울의 살빛 부두로
진녹색의 전력 장치 파도는 밀려오고 또 밀려가고

이상李箱 또는 검은 구레나룻 임종 시 노란 레몬 향기
를 꿈꾸고 간 해경海卿 블랙 유머의 천재 시인

수평축에 한 나인이 서 있었다
바람 입술 루주의 붉은 알람브라 궁전
나인은 마치 반도 입자 판이한 필로소마 같아 보였다

형, 쟁의를 조심해
면경面鏡의 부신 나비 유클리드의 나라

임산부가 긴가 아닌가 이럴 땐 성호를 그어야 하나 마나

어디서 길을 잃은 건가 보슬비

잿비둘기

흰 귀의 창
—결국 27

말똥가리는 미지수의 꽃잎을 소녀의 흰 귓가에 뿌리
고 갔다
회고해보면,
히스로 공항 부근 어느 약국에서
황석어의 본토를 찾아 떠나간
나뭇잎은 가뿐하게 우주로 우주로 갔다는데
아, 그건 짧은 순간이었어
아니
새들 시네라리아의 가슴을 적시고 가는데
오늘
방동사니의 옆구리를 빠져나오는 기절한 나비
다시금
다시
말똥가리는 미지수의 꽃 앞을 소녀의 흰 귓가에 심어
주고 갔다
빨간
신호등

늘 물고기의 푸른 기운입니다

시체도 증발한 다음의 고요한 월야를 나는 상상한다*

*이상, 「공복」

K우체국 스테인리스의 창
─ 허기 3

눈빛[雪光]으로 새를 씻는다
초겨울 포도에선 플라타너스 잎새 혁명을 꿈꾸다 간
다

나란히 새·달 눈을 뜨고 가는

지금은 몇 시인가!
통영에서 떠났다는 대여大餘*의 도제(?) 가오리 소녀한
테서는 아직 소식이 없다네요

몇 시인가 지금은

이제는 소녀의 하이얀 본능에 안개꽃처럼 눈만 쌓일
뿐

머얼리
한 마리 고독한 새는 눈[雪]으로 이승 허무한 이름을
씻고서 간다

저 봐라 저거 담요다 저거 식스 스텝 스텝으로

이곳은 차가운 창틀 K우체국 아라베스크
빨간 스커트의
소녀

* 김춘수 시인

어떤 누드 X+Y

유포니 속에서 기어 나온 까아만 눈꺼풀 영롱한 음향
의 지집년
아무런 과거 상황도 기억나지 않는다
누님,
이글거리는 용설란 독사밭
피스톨로 무장한 마카로니웨스턴의 오후 두 시
총잡이는
어디로 사라졌나요
아나
누가 아나
눈이슬 눈이슬 눈이슬 눈웃음의 작부를 잊지 못했는가
여기는 밀라노
이리 와 이리 와 여기서는 같이 가자
홀로 뒤척이고 간 모래밭 속에서
물투성이 반달은
도솔천을 서성이다 갔다는가
멀리 또 멀리
빨간 장화 속에서 애꾸눈의 작은물떼새 숨죽이고 있
었다

코를 맞댄 사람은*

*조르주 루오 작

다생 윤회 多生輪廻
―소녀열전 97

나는 까마득한 겨울 산봉우리를 보듯 K우체국에서 나
와 사라져가는 영하 13도 소녀의 뒷모습을 보았다
꽃 귀를 막는다
바람은 보석붙이의 눈물을 데리고 비정상의 바다로
가고 있었다

얼어붙은 구름
얼어붙은 장미
얼어붙은 시계

'제 깜냥에 무얼 하겠다고 제 깜냥에 번즈레한 칠을
해 내어 걸은 사치스러운 간판들'*

나사로야 나사로
인간이라는 목숨이 소멸된 지구별에서 방재方在 새순
돋는 허무 관을 피해 일어서고 있었다

고사리는 그날의 시인
눈동자 암자색 남방부전나비

* 이상, 「종생기」

채송화의 부두
—감정 보고서 15

눈 내리는 한나절 은어 떼는 지구를 주시하고 있었다
여태껏 소식이 없는 제라늄의 출생지 고운점박이푸른
부전나비를 찾으러 간 소년은

12+1=13 이튿날[즉 그때]부터 나의 시계의 침은 세 개
였다*

비 오던 나신 속 폼페이의 앳된 그 소년의 눈썹은 성
난 파도 차림의 줄달음 슈미즈 슈미즈 바람에 밀리우고
있어

나의 내부로 향해서 도덕의 기념비가 무너지면서 쓰
러져 버렸다*

보라 흑자색의 입술 너는 어디 가 있었던가
이제는 천마총 포스트모더니즘의 기교를 가리지 말자

나는 제3번째의 발과 제4번째의 발의 설계중, 혁으로
부터의 「발을 짜르다」라는 비보에 접하고 악연해진다*

눈발 눈발 탐스러운 눈발은 거미불가사리 까막눈에
내렸다지
오 우리의 담황색 생선 반 다이크가 그린 방어 떼
오늘도 회유어回遊魚 해안성 눈멀어 얼치기완두꽃 취
해서 간다

허나 그때의 나는 아직 한 개의 방정식무기론의 열렬
한 신봉자였다*

＊이상, 「일구삼일년[작품제일번]」

검은 따오기
— 결국 59

애당초 셀로판지 두우斗宇는 그 바늘꽃방석게에 대한
애증만 있는 것은 아니었다

자 안녕 그래도 외면하지 말자 핏빛 허무주의를 두고
가는 자를

갈까 갈까 갈까

노란 주둥이 귀뚜라미 귓속 객기客氣 찾아서 간다

검은 부리 바위는 바위

스리 스텝 좋아 네 좋아요 가라 포 스텝으로

유리창 너머 찬 하늘이 내 이마에 차다*

* 조향, 「ESQUISSE」

3초 동안 K

사형당한 파도의 추억은 잊기로 하자

피 묻은 방명록에 들새 같은 숨소리를 적으며

3초 동안 나는 울었다

꽃잎을 뜯어내면 꽃잎 하늘을 뜯어내면 하늘

그것은 허위 고발이라구요

어머니는 아이 떼를 몰고 어둠의 산을 넘고 있었다

잠들까

어기 훨씬 좋다 그지

기대치

이상

수소에 관한 명상 K

시인의 이름으로 꽃을 좇는다
시인의 이름으로 꽃을 좇는다
새가 울고 간 날이 몇 날이던가 또 몇 해이던가
지구
지구
옥상에선 빨간 꽃의 울음 익어가던 날
그쳐라, 꽃
먼
바다
파도는 수소를 뒤쫓고 있었다

그날 그 소의 폐부엔

울먹이는

하얀 그림자,

그리운 흡사
―시적 자유 5

그날 그 갈색 눈시울 터널을 뚫고 간 스탬프는 휘파람
새의 숨소리에 귀 기울이다 갔습니다

자 한잔하실까요

오늘도 무자위를 탈출한 장수말벌 한 마리

까만 거울

마리아 막달레나

무심코 불러 보는 한겨울

종일 초록 캐럴에 귀 기울이다 갔습니다

나의 눈은 둘 있는데 별은 하나밖에 없다 폐허에 선
눈물― 눈물마저 하오의 것인가*

* 이상, 「작품 제3번」

부도

— 소녀열전 120

베도라치는 부도不渡를 내고 바다를 떠나갔다

꽃의 하늘에서 숨 쉬는 쇠솔새의 무리

부둣가

하얀 부둣가

지금 너는 어디에 있는가

소녀여

그날 정오에 어렴풋이 떠오르는 과연

너는 어디에 있었는가

오늘 구름 속을 헤엄쳐 가는

바다거북의 눈

산딸기처럼 익어 가고 있었다

내가 결석한 나의 꿈 내 위조가 등장하지 않는 내 거
울*

* 이상, 「시제십오호」

세로 가늠자
— 소녀열전 121

부들부들 부들꽃의 세력을 막아야 해

검은 눈의 달랑게 달랑게를 엿보고 간다

아직 번식이란 말을 하기엔 이르다구요

지층으로

지층으로

고나리[官吏]는 가쁘게 숨을 쉬고 가는가

불러봐요 다리

비대칭의 소녀는 온상 속에서 길을 잃었다는가

이제는

대농갱이를 위로해 줘야지

오늘날 금요일의 은시호銀柴胡 꽃들은

푸른 나비를 성토하고 가느냐

꽃들은 흰 슬픈 기억

나는 그에게 시야도 없는 들창을 가리키었다*

* 이상, 「시제십오호」

정지 화면은 아님
— 대상 리비도 49

폭발하라 잠깐 정지 화면에서 숨죽이고 가는 새 거칠
어지는 시인의 숨소리는 점차 거칠어지누나

폭발하라 꽃은 오늘 또 누구를 꿈꾸고 가나

이미 나는 그곳을 가볼까 영원한 본향 전라북도 장수
군 번암면 자줏빛 리본의 어머니

시월의 우레 차거운 빗소리 들으러 가는데

누구, 누구일까

오늘도 봉천역 2번 출구 돌아서 좌판 간절한 아내 생
각 목이 메어 살까 늘 어쩌나 곶감 한 묶음에도

그 옆자리 가물치 가물치는 붉은 눈을 부릅뜨고 간다

젊은 사과를 조심해

SARA와 나는 시간의 궤도에서 잠깐 비켜 선다 그게
이치에 닿는 말씀예요?*

* 조향, 「SARA DE ESPERA(抄)」

소문의 유두
—결국 66

오목눈이의 자존심을 언어 병치의 싸락눈은 헤엄치고
구름을 훑고 간 그 눈동자 입술은 내 마음속 갈색의 해
골 초록달 되고

민꽃게들은 왜 포옹할 줄을 모르니

터치라인 누루시볼락은 고적한 무늬만 남았냐구요

그 미키는 섬에 머물렀을까 바다를 건넜을까

그해 큐비즘의 어지러운 말대가리로 소문의 젖꼭지가
사라진 마을

눈물일까 비가 내리고 있었다

엑스트라빛

초크

검은 코팅의 바다
— 결국 63

노오란 코브라 떼 배경으로 합성수지의 마그네슘 바다를 운다

아가, 아기달은 어디로 갔니

당나귀야 오라 귀여운 표정으로 오라

수면다원검사실

음력 초사흘날의 달

풀무치는

오늘도 검은 빗속을 뚫고서 간다

우리 집이 앓나보다 그러고 누가 힘에 겨운 도장을 찍나보다*

* 이상, 「역단[가정]」

까만, 마스크 부대
—결국 41

오늘도

뇌 소쿠리에 산굴뚝나비 간다

그 바다에서 만나자던 그리움이란 살점을 놓고

출렁이는 눈썹

출렁이는 콧날

출렁이는 구문

아직 오지 않는 서해안 마스크 부대는

컹컹 물고기의 기침 소리만

바닷속 산호의 틈새를 휘젓고 가는가

이제 가면 언제 올까

저 고즈넉한 첨탑 서원동 벽돌담의 성전

눈부신 개천의 그늘에서 숨죽이고 간

햇살은 파아란 유리구슬

오늘도

무료히 정오는 소년을 기다리다 갔다

'추우리로다 추우리로다

누구는 나를 가리켜 고독하다고 하느냐'*

* 이상, 「공복」

낙지다리의 오후
─결국 64

분홍 거미줄 등불베짱이 이슬을 따고 있다 흰뺨오리
슬픔의 볼륨을 밀착하면 모과나무는 어떡하나 꽃 지는
가을 신神은 기침이 닮았다 한다

그래요 그래

사마귀는 사마귀풀

누군가 낙지다리의 눈빛 속 비 한 마리 울고 간다

푸른 수염 떼를 볼까

무심코

이를 드러내는 파도

갯지렁이가 꿈꾸는 하늘
─결국 65

빨간 꽃판 오렌지 속을 울고 가는 신紳의 손바닥 푸른
지렁이를 몰아가는 그 자리

지금 아수라장이 된 소녀의 풍경을 수습할 자 누구냐

산등으로 기어오르는 바다라

검은 커튼의 배경막

허파 가득

자색

구름

구름을 구름을 다오

벽 뒤의 어머니 머리칼 날리며 온다

Shall We go
— 결국 43

어디신가요
꽃게거미 소녀의 호적에 피를 뿌려 주고 간다

오늘도 바닷가를 배회하는 그믐달은 길을 잃었다는가

왕복 펌프를 틀어 줘요
절굿대꽃의 붉은배지빠귀 슬픈 눈동자를 세고 갔다
누면
아마 아직 그곳 그곳에서는 소식이 없다지요

아슴아슴
아슴아슴

어느새 천 년 전인 듯 내 천고千古의 스승이 가신

까스락
까스락

머나먼 서해 저 위도 철썩이며 가도 가도

오늘도 눈멀어 간다

저 불쾌한 석류알 새[鳥] 좀 잡아 줘요

어느 모말게는

이제사 이제사
―자유 연상 20

이제사 꽃밭에서 나비라는 이쁜 단어를 찾는다는 것
은 무척이나 고단한 일이었습니다

단어 단어

목이 터지도록 불러봐도 나비는 보이지 않고

저리도 한차례 퍼부을 듯 반짝이듯 흐린 하늘 봉천동
을 향해 비는 밀려가고 또 밀려오는데

나비 나비

푸른 사진 속으로 날아갔나

그래 그날처럼

물고기자리 온종일 컹컹 꽃잎을 잃어버린 민물 게의
마음인지도 모를 일이었습니다

치질끼가 있나 보네 저 소녀

오늘따라 꽃들

심하게 기침하고 간다는 것도

'대단하다'의 속살
— 해프닝 1

그 시각

'대단하다' 속으로 날아간 담색물잠자리

한없이 지하로 내려가던

죽음은 바람의 분홍 입술을 열고

밤새 5월의 백산다꽃 하얗게 흐느끼던

그날의 그 철로

'우수수' 속으로 피신한 꽃게거미에게선

그믐날 이명 속으로 수없이 기차는 지나갔다

그날의 그 철로

도시처녀나비는 어디로 날아갔을까요

오늘도

은신술의 살색 하마 이냥*의 흰 코끼리

갈색 레가티시모

나른한 오수에 잠긴 현미칩의 낮달을 꿈꾸고 있었다

우상의 공원**

*이러한 모습으로 줄곧
**파울 클레의 작품

겨울연가
─자유 연상 15

이 겨울,

옷을 훌렁 벗고 있는 겨울딸기는 우리들의 슬픈 본보
기일지도 모릅니다

아직
어항 속에 달이 뜨기엔 조금 이른 시각이죠

이윽고
겨울 물고기는 겨울 매화꽃을 홀로 사모하다 갔습
니다

홀
로

허공 속으로 사라진 흰 푸마

검은 촉각
―속續, 사기학열전詐欺學列傳 19

그러니까, 그해 봉천의 정준빌딩 지층 도림천 범람 위
기의 해였다
　가천장[인테리어]이 300밀리(?) 폭우에 일부 주저앉았
던 해였다
　83년생 정미의 사업자로 그 에미가 운영하던 단란
주점
　'공실로 남겨둬도 좋으니 차라리 나가라'
　'못 나간다 법대로 해보자'
　정미, 남동생 그 에미와 아내의 홀로 담판이었다

　돌아오고싶은행려자는왼쪽길을가고돌아오고싶지않
은행려자는오른쪽길을갈지니! 모든끝은그러나시작에물
려있음을!*

　아 아 그때 시인(?)은 어디에 가 있었던가
　후, 정미의 지하 임차는 나라에서, 구청에서, 건물주의
임대료 감면
　어찌 보면 수지맞는 장사였다
　감사의 뇌물로 그 에미가 가져온 굴비 한 두름

'필요 없으니 도로 가져가요'. '아이 왜 그러세요'
걷잡을 수 없던 카오스의 폭탄. 어디선가 해골 하나 붉
게 울고 있었다

짙푸른 하늘에 그어지는 하얀 선의 교향악**

*박상륭, 「잡설품[1.가출]」
**조향, 「푸르른 영원」

★후기: 다음날 신림으로 가는 길 모든 건물 지하는 펌프 물을 퍼
내느라고 분주했다.

기차는 오는 거고 기차는 가는 거고
─ 대상 리비도 5

무당벌레는 아직 소녀의 젖가슴 밀도를 헤아리지 못
하고 있다

누구 순금의 젖가슴을 보았니

가자 가자 가자

두 딸의 눈동자에 파도가 철썩이고

무당벌레의 고독 깃대처럼 펄럭이는

사하라 눈동자를 잊어버리고 온 밤

여보세요 음,

출발하는 거야 음,

공일 음,

꿈속 찌르레기는 찌르레기처럼 설레다 갔다

종시 제자신은 지상의 수목의 다음가는 것이라고 생
각하였다*

  * 이상, 「쌍각」

말똥가리 제3의 손톱

그제는 새치의 가시나 제7부두에 도착했다는 소문

돌아보지 말자

검은 망사의 스타킹 저절로 흘러내려도

187cm 모델감 외손 승훈의 하얀 볼따구니 한신휴더

테라스로 갔다는군

솔직 솔직히 말해봐

다 다 다 다 숨 가쁜 헬리콥터 소리 산야를 탈출했다

는군

외떡잎식물강의 구문口吻 우산대바랭이

서귀포 제주 해안 사계 포구* 그 비는 진초록 쑥빛 모

양새 왔다더군

무수히 흔들리던 내 조반造反의 언어 어머니와

비 오는 내 영혼의 장년

Y병원 밤고요 눈시울 아슴한 벤치에서

퇴원 시 빨간 폭스바겐을 갖고 싶다던 내 누이뻘 여류

화가는

제 본향에 잘 갔을까

또 본다

멍든 가을날의 그 하늘가 영혼의 꽃눈

비가 와요

비가 와

폭식의 빗소리 속 깃털 하얀 눈망울 자취

말똥가리 그 본향의 자갈색 배면 새 울음 본다

시가전이 끝난 도시 보도에 「마麻」가 어지럽다**

* 제주 서귀포시 안덕면
** 이상, 「파첩」

사위 김철중

암 병동 원무과 앞이 그렇게 활기차 보이는 게 신기하기만 했다. 오고 가는 휠체어, 일상인 듯 무심하게 침상을 밀고 가는 사람들, 모자를 쓴 사람들, 마스크를 쓴 사람들, 수납을 위해 대기하면서 투명한 유리창 사이로 들어오는 햇빛 아래서 잠시 새우잠을 자고 있는 사람들, 어머니, 아버지를 모시고 왔을 거 같은 사람들, 흰머리에 연세도 비슷해서 뒤에서 보면 꼭 장인어른 같아 보이는 사람들. 그렇게 삼성병동 암 병원 원무과 앞은 사람들로 북적대면서 묘하게도 활기차 보였다.

그런 대조가 주는 신기함을 지나, 아니겠지를 지나, 아직 이른 단계일 거야… 기다림의 초조함이 끝나갈 무렵, 이제는…

의사는 안 보이고 진료실 앞에서 대기하는 사람들이 심판을 기다리는 사람들처럼 보였다. 그러다 결국 의사가 염 씨 아저씨로 바뀌어 판결문을 읽는 순간, 더 이상 의사는 부럽지 않은 직업임을 깨닫게 되었다.

현실감이 떨어진 어제를 지나, 슬로우비디오처럼 아픈 순간들이 스냅 사진처럼 다시 복기되는 오늘, 나는 내 작은 사무실에서 내 생애 처음이자 마지막이 될지도 모르는 서평을 위해서 시를 읽고 있다.

아무리 AI에 의존하지 않으면 글을 쓰기가 망설여지는 시대가 되어가고 있지만, 이것만은 AI에 부탁하고 싶진 않았다. 나에게 시적 기교와 기법은 중요하지 않다. 시인이 말하고자 하는 의미를 파악할 의도도 없다. 그저, 이 순간 혼자서 오롯이 시인 양준호의 시공간 속으로 빠져들어, 잠시 나만의 느낌으로 이 시집에 담긴 시들이 안내하는 곳으로 들어가 보고 싶다. 그저 그 마음뿐이다. 지금, 밖은 영하 10도의 바람이 무심히 지나가고 있다.

1. 귀 푸른 날의 사상

의사 선생님의 최종 판독 결과를 기다리던 잠깐의 짬이 지겨워서 휠체어를 밀고 한 바퀴 돌다 잠시 멈춰선 곳은 병원에서 가장 바깥 풍경이 잘 보이는 지점이었다.

앙상한 가지만 남은 겨울 창밖의 풍경을 물끄러미 바라보다, 스승이었던 미당 서정주 시인이 어젯밤 꿈에 나와서 같이 시를 썼다고 불쑥 말씀하셨다. 무슨 시였는지, 내용은 뭔지는 말씀이 없으셨다. 원래 꿈이란 게 그렇듯 기억 날 듯 말 듯한 게 아니던가.

미당 선생이 살던 곳이 사당역 근처가 아니었냐는 나의 질문에 까치고개였다고… 그리고 미당 선생이 살아계실 때 직접 만나서 80분 넘게 시에 대해서 얘기 나눴던 추억으로 이어지던 짧은 대화.

나는 비틀스의 폴 메카트니를 소환해서, 폴 메카트니

도 꿈에서 누군가가 멜로디를 알려줘서, 일어나자마자 잊지 않기 위해서 바로 적어서 완성된 곡이 〈Yesterday〉라고 말씀드리고는 미당 선생과 같이 얘기했던 시를 써 보시면 어떻겠냐고 스쳐 가듯 말하고는 다시 아무 일도 없던 듯 대기실로 향했다.

비록 말당이라는 에피소드가 더 기억에 남아 버렸지만, 아름다운 시어와 높은 수준의 시를 쓰셨던 스승을 그리워함이었음은 짐작할 수 있었다.

「귀 푸른 날의 사상」, 이 시를 읽다 보니, 서정주 시인의 시 「푸르른 날」이 인용된 구절이, 나를 그 짧았던 대화의 순간으로 데리고 간다.

영어 독해하다 뜻을 몰라 사전을 찾으면서 이해하던 고교 시절 교과서의 영어 문장처럼 수차례 낯선 단어를 검색하고 나서야, 비로소 시 전체를 나만의 감성으로 느끼게 된다. 궁금해서 찾아본 '윤슬'이라는 우리말 단어가 가지고 있는 아름다움에 놀라면서도, 글 도입부터 끝까지 무언가 깊은 사연이 있을 거 같은 그런 시여서 나를 잠시 붙잡아 둔다.

이 서평을 쓰면서 머물렀던 그 생각의 방으로 들어가 보고 싶어졌다. 잠깐 눈을 감고 그런 장면들을 생각해 본다. 새벽 아침 햇살을 뚫고 날아오르는 고대 신화 속 미스터리 존재, 그리고 현실에 존재하지만 잘 알려져 있지 않은 나비. 일상의 언어가 아닌 시의 언어를 가지고 세상과 소통하고 싶은 시인.

인정받는다는 것은 무엇일까? 일반인한테 많이 읽혀지는 것일까, 아니면 언어의 고수들에게서 언어의 칼날이 날카롭다고 평가받는 것일까? 결국은 모두 부질없다.

나의 생각은 다시 날갯짓해서 돌아본다. 이미 돌아가신 스승과 서해를 날아 반짝이는 햇살을 보고 다시 돌아온 일상 속 공간, 남방부전나비가 되어 날아서 돌아온다.

그러나 다시금 숙연해질 수밖에 없는 성당과 알 수 없지만 경이로운 것들. 나이가 들어도 여전히 알 수 없는 것들. 뭔가 있을 거 같은 신비로움, 하지만 그게 무엇인지는 여전히 알 수 없다.

난 장인어른이 항상 사용하던 처음 들어본 식물의 이름과 곤충들이 의미하는 것들이 뭔지 궁금해했다. 곰곰이 생각해 본 나는 그건 세상에 실제로 존재하지만 많은 사람들이 이름조차 알지 못하는 존재를 이름만 바꿔서 사용하는 것이 아닐까 하는 나만의 결론에 다다랐다. 아마도 그 많은 낯선 동식물들은 시인이 자신을 빗대어 말하는 게 아닐까 하는 생각에 잠겨본다.

그게 맞는지 틀린지는 중요하지 않다. 어쨌거나 나로 하여금 그게 무엇인지 의문을 갖게 했다는 것만으로도 시인의 목적은 충분히 달성한 것이 아닐까 하는 어쭙잖은 생각을 해본다.

영어 독해하듯 읽어 본 이 시에서 보이는 낯선 단어들과 문득문득 보이는 짧은 생각과 평범한 일상의 모습이

묘하게 겹쳐서 더 대조감이 느껴지는 시였다.

이 시의 벤치에 잠깐 앉아서, 떠나버린 서정주 시인도 그로 인해 생각나는 송창식의 노래도, 그리고 구로디지털 단지의 출근길 무서운 인파도 잠시 상상해 본다.

2. 내 회색 누두망의 가을 부두

이 시를 읽어보다가 허기의 뇌관 남루 구천 원의 잔치국수에도 목이 멘 바닷새, 이 문구에서 계속 생각이 머무른다. 아마도 가장 현실과 닿아 있는 허기, 잔치국수라는 단어가 주는 친근한 이미지여서일 수도 있었겠지만, 요즘 드시고 싶은 게 뭐냐는 물음에 잔치국수로 대답하시던 장인어른이 문득 떠올랐기 때문이기도 하다.

일상의 언어가 시에 녹여져 있는 것을 보고는 여기서 내 생각도 같이 멈춰서 가만히 곁에 앉아 본다. 이 시가 주는 나의 느낌은 이렇다. 과거와 전생이 현생과 그물처럼 얽혀서 우리가 현재를 살고 있음을 상기시켜 준다.

우리는 우주에서 온 우주의 원소로 이루어져 있고, 우리라는 존재물은 과거의 수억 겁의 이벤트들이 만들어 낸 결과이다.

이미 우리가 살고 있는 것과 비슷한 전생이 있었는지, 그리고 우리가 앞으로 가야될 저승이 무엇인지는 알수가 없다. 다만, 현재 살고 있는 이승은 쉽지 않은 공간이다. 매일 살기 위한 전투가 벌어진다.

오리는 물 위에서 보면 유유히 떠 있는 듯 보이지만,

실제로 오리발은 분주히 물밑에서 움직이고 있다. 이승의 삶이 녹록지 않고, 우리는 매일매일 크고 작은 생존의 전투를 해야만 한다. 허기짐과 잔치국수에서 그런 이승에서의 현실의 삶이 느껴진다. 그런 이승보다는 저승이라는 공간은 우리가 생각하는 것보다는 훨씬 더 나은 곳일 수도 있겠다.

서정주 시인의 인용 문구에서처럼 저승이 무언지는 모르지만, 그것이 사랑 보다 먼 뜬구름 잡는 곳은 아마도 아닐 거라는 믿음과 이승보다 나을 수 있다는 희망이자 그럴 수도 있지 않겠냐는 물음표가 느껴진다.

가을 부두가 주는 쓸쓸함, 그런데 눈발이 그치면 봄이 오기는 오는 걸까? 때로는 눈발이 날리는 겨울이 더 포근하게 느껴진다. 그 눈발이 날리는 겨울날에 포장마차에서 김이 모락모락 나는 뜨끈한 잔치국수 한 그릇을 같이 먹고 싶다.

3. 화야산의 기가

이 시를 읽으면 시에 대해서 좋지 않은 평가를 하는 문인들과 그래도 내 편이 되어 호의적인 평가를 내려주는 동료들이 서로 논쟁하고 있는 듯하다.

시인은 시를 가지고 얘기하지만, 모든 사람은 자신이 한 행동, 언행의 결과 또는 창작물에 대해서 좋던 싫던 살아가는 동안 평가를 받을수 밖에 없다.

일반적이지 않은 시의 언어를 추구해 왔고, 그에 대한

자부심도 높다. 남이 알아주던 알아주지 않던 그건 크게 중요하지 않다고 생각하며 자신의 길을 걸어왔다. 그러나 사람이기 때문에 내심 그런 평가에 완전히 눈을 감을 수는 없었으리라. 나쁜 댓글보다 무댓글이 더 사람을 좌절하게 만든다는 말이 있듯이, 시에 대한 평가를 하는 것은 그만큼 그 시에 대해서 관심이 있다는 말일 수도 있다.

쉽게 풀어내지 못하는 수수께끼처럼, 곳곳에 비밀 열쇠가 있어야만 들어갈 수 있는 방으로 만든 시적 공간과 세계. 그곳은 나만의 공간이지만 동시에 그곳으로 많은 사람들이 문을 열고 들어와서 봐주기를 바란다. 여기로 들어오면 프랑스의 화가 조르즈 루오가 미처 표현 못 한 얘기가 무수하게 펼쳐져 있다.

하지만 현실은 이 비밀의 방으로 들어올 수 있는 사람이 많지 않다. 그래서 밖에서 보고 들어오지 못하고 '에이 그 방안은 비어 있어, 별거 없어'라고 말한다. 그게 아닌데…

그래도 시인으로서 완성할 수 없는 허전함과 서러움은 어쩔 수 없던 건 아니었을까? 불완전함과 허전함은 예수 그리스도조차도 피할 순 없었지만 말이다. 인생은 미완성이라는 오래전 유행가 가사가 문득 떠오른다.

4. 그날그날의 썩은 미소

시와 소설은 생각과 사건을 표현하는 방법이다. 이 시

를 읽으면 마치 그날의 일들을 비디오로 촬영해서 보여주는 것 같은 느낌이 든다. 빵칼로 사건을 자르고 감정이라는 버터를 발라서 펼쳐 놓은 느낌이다. 자세한 내막은 모르지만 어떤 일들이 벌어졌을지 짐작하게 한다.

대부분의 시인은 배고프다. 시가 그다지 돈벌이가 되지는 않기 때문이다. 시인이 온전히 시 작업에 몰두하기 위해서는 돈이나 그에 수반되는 궂은 일에 누군가는 주도적으로 나서야 한다. 그것이 때로는 의견과 입장 차이로 인한 다툼일지라도… 그 일은 대부분 어머님의 몫이었던 거 같다. 이런 부분에 대한 미안함이 묻어 있어서 다른 시와 다르게 좀 더 쉽고 직설적이다. 인간적인 느낌이 물씬 나서 개인적으로는 가벼운 미소를 지으며 읽게 되는 시였다.

5. 자서

어렸을 적 읽었던 윤동주 시인의 서시가 생각난다. 서시를 읽으면, 그때 윤동주 시인이 감옥에 갇혀 있던 차가운 감옥의 그 창살 사이로 별빛이 보이고 겨울 찬바람이 느껴지는 기분이다.

그 당시엔 서시가 무슨 말인지도 모르고 그저 시의 제목으로만 알았다. 나중에 알았지만 서시는 간단하지만 시집을 시작하는 시이자, 시집 전체를 관통하는 요약본이다. 바로, 자서가 『기차는 오는 거고, 기차는 가는 거고』 시집의 서시이다. 나에게는 이 짧은 11줄의 문장은 한줄 한줄이 너무도 애절해서 아껴서 읽고 싶다.

연기를 평생 업으로 삼았던 존경하는 연기자였던 이순재 님이 돌아가시기 1년 전에 연기 대상을 받으면서 시청자들한테 표현했던 감사의 말과도 너무도 흡사한 느낌이다. 평생을 언어라는 수단을 통해 무수한 생각을 전달하고자 했던 시인 양준호.

이상의 시를 이해하고, 미당 서정주, 문덕수 시인의 제자로서 시에 대한 열정을 호기롭게 불태웠던 때가 이제는 마냥 그리워지실지도 모르겠다.

혹사한 언어한테 미안하다는 말에서 언어가 친구이자 매일의 벗이었음을 짐작게 한다.

"구천의 파도 소리 철썩이는 지금…"

변하는 세월에도 변하지 않고 예전과 똑같은 모습으로 있는 아버님의 낡은 서재와 책상, 그리고 바람 들어오는 창문. 거기서 손자들이 양옆에 서서 찍었던 사진… 서재는 변하지 않았어도 시간은 무심히도 터널을 지나가고 있다.

굳이 열한 줄로 만들어서 쓰신 것도, "누군가 나를 이 지구상에 떨쿠어 놓았나"라는 말이 아이러니하게 너무도 인간적이면서도 다정하게 들린다. 아마도 시인 양준호, '존재서설' 시리즈의 그 수많은 시를 낳게 한 근원을 한마디로 요약하면 이 한 줄이지 않을까.

기차는 오는 거고, 기차는 가는 거고… 출발했으면 멈추는 정차역이 있음은 너무도 당연한 거겠지. '삐' 하고

기적 소리는 들리고 멈추기 위한 브레이크가 걸리는 소리도 들린다.

이제 정착역에 도착하기 전 손잡이를 꼭 잡고 준비하라는 기장의 뜻인지, 아니면 기차가 도착한 후에는 또 다른 출발이 있을 테니 손잡이를 꽉 잡고 다음을 준비하라는 것인지 나는 알 수 없다.

저 비를 보내시는 '분'이 아니라 다시 또 한 번 굳이 '비'라는 말을 중복하여 반복되는 순환이 느껴지는 것은 나 혼자만의 느낌일까?

"오늘은 수요일"

현실로 돌아오게 만드는 일상 언어가 나를 잠깐의 감상에서 벗어나게 한다.

나에게 수요일은 굳이 말하자면 일주일에 한번 재활용을 버릴 수 있는 첫날이다. 그래! 귀찮지만 아직 재활용 부대자루가 널널한 오늘, 수요일에 모두 버려야 되겠다. 마음의 걱정도 그리고 오지 않기를 바라는 날도 모두 여기에 담아서 버리고 오고 싶다.

김도훈

할아버지 시에 대한 감상평을 적게 됐다. 아직 대학생인 나는 평생 시를 써 오신 할아버지 시에 대한 감상평을 적는 것이 긴장이 된다. 심지어 문학 작품에 대한 공부를 대학에서 전문적으로 하는 것도 아니기에 개인적으로 이에 감상평을 적는 것에 대한 부담은 특히나 더 컸던 것 같다.

하지만 확실하게 내가 자신 있는 부분이 있다. 그것은 나는 할아버지의 손자이기에 할아버지의 시를 보고 읽으면 한 명의 독자로서 작품을 마주치는 것보다는 이미 알고 있는 '할아버지의 삶'에 공감을 하고 더욱 진솔하게 감상평을 작성할 수 있다는 것이다. 그렇기에 나는 이번에 할아버지 여러 작품들 중 내게 가장 인상 깊었던 작품들을 인용하며 감상평을 작성해 보고자 한다.

이번 시집은 총 3부로 구성되어 있다. 1부 '자서K', 2부 '감사 편지 보내는 오브제 S', 3부 '기차는 오는 거고 기차는 가는 거고'이다. 3부작에 실린 수많은 시 중에서 2부에 실린 「한 새의 푸른 느낌」과 3부에 실린 「정지 화면은 아님」이 가장 인상 깊었다. 그래서 위 두 작품을 중심으로 감상평을 적어 보고자 한다.

2부의 「한 새의 푸른 느낌」은 삶과 죽음, 이동과 정지, 자연과 인공이 짧은 행들 속에서 교차하며 감각의 결을 만들어낸다. 제목에서 암시하듯, 이 작품은 '이야기'보다 느낌의 발생 과정에 가깝다. 첫 행 봉천동의 옥상이라는 서울의 도시적 공간에서 시작된다. 그러나 이곳은 콘크리트의 평면이 아니라 "토란잎에서 알을 까고 있었다"는 이미지로 인해 생명의 미세한 현장으로 변모하는 느낌을 준다. 더운 빗방울, 진초록, 알을 까는 행위는 탄생을 암시하지만 그것은 축복이나 선언으로 확장되지 않고 조용한 관찰의 대상으로 머문다. 이어지는 행에서 "피고 지고 피고 지고"의 반복은 자연의 순환을 드러내는 동시에, 곧바로 등장하는 "노 입술 루주", "작가", "미니장미"라는 인공적이고 연출적인 이미지와 충돌한다. 여기서 자연은 더 이상 순수한 영역이 아니며 인간의 손길과 미적 의지가 개입된 세계로 재배치된다. '지척 간'이라는 표현은 이 두 세계가 멀리 떨어져 있지 않음을, 오히려 불편할 정도로 가까이 맞닿아 있음을 보여준다. 중반에서 "소래포구의 검은목두루미는 그 나라에 잘 가셨을까"는 시의 방향을 외부로 밀어내는 느낌을 준다. 이 질문은 생물의 이동을 묻는 듯하지만, 실은 이미 떠나간 존재에 대한 사후적 안부에 가깝다. 그 직후 반복되는 "가자 가자 가자"는 목적 없는 추동이며 이해 이전의 몸짓이다. 시에서는 이유를 설명하기보단 움직임을 남긴다. 후반부에서 "나리꽃 빨간 그림자"를 뒤쫓는 장면은 아름다움을 향한 추적이자 실체가 아닌 그림자를 따라가는 행위로 읽힌다. 이어지는 "암꽃게 목메어"라는 구절은 생의 질식과 고통을 압축적으로 드러내며 화자는 결국 "글쎄요"라고 응답을 유예한다. 이 유예는 무지의 고백이 아니라, 판단을 거부하는 태도로 보인다. 마지막 행의 "문질러 피의 동그라미 게의 주검"은 시 전체를 하나의 원으로 봉합한다. 알에서 시작된 생은 주검으로 끝나지만 '동그라미'라는 형상은 종결이 아니라 되돌아감과 반복을 암시한다. 이 원 안에서 탄생과 죽음은 대립하지 않고 같은 궤도 위에 놓인다. 이 작품은 메시지를 전달하지 않는다. 대신 독자를 생의 표면 가까이 데려가 푸름에서 시작해 붉음과 검정을 통과하게 만든다. 결국 이 시는 의미의 도착지가 아니라 감각이 이동한 경로 자체를 보여준다.

3부의 「정지 화면은 아님」에서 '정지'라는 개념을 부정하는 선언에서 출발하는 느낌을 준다. 첫 행의 "정지 화면은 아님"은 단순하게 멈춰 있다는 상태가 아니다. 이후에 전개될 모든 이미지의 운동성에 대한 것을 암시한다. 시는 멈춤을 말하고 있지만 실제로는 멈출 수 없는 리비도와 호흡, 기억의 흐름을 끊임없이 밀어낸다. 특히 부제에 표기된 '리비도'는 심리학에서 사람이 내재적으로 갖고 있는 정신적 에너지를 의미하는 것으로 첫 행과 두 번째 행에서 나오는 '폭발하라'와 연관성을 갖고 있다. 부제에 역동성을 갖는 생명의 에너지인 '리비도'를

"폭발하라"는 명령형은 생명력의 폭발을 의미한다. 리비도라는 에너지는 시에서 통제되지 않는다. 오히려 잠깐의 정지 속에서 "숨죽이고 가는 새"와 "점차 거칠어지는 시인의 숨소리"가 겹치며 응축된 에너지가 드러나고 폭발한다. 숨죽이는 새와 거칠어지는 시인의 숨소리는 감각과 생명을 향한 욕망인 리비도가 억눌릴 수 없다는 역설을 더욱 선명하게 보여 준다. 시에서 반복되는 "폭발하라"는 실제 파열이 아니라 도래하지 않은 사건의 예감에 가깝다. 꽃은 "오늘 또 누구를 꿈꾸고" 지나가고, 화자는 "이미 나는 그곳을 가볼까"라고 말하며 도착보다 상상을 선택하고 이때 등장하는 "영원한 본향 전라북도 장수군 번암면"은 추상적 귀향이 아니라 매우 구체적인 지명으로 제시된다. 본향은 신화적 장소가 아니라, 정확한 행정구역으로 불려 나올 때 오히려 더 멀어지는 듯하다.

이후의 장면들은 시공간을 급격히 초월한다. "시월의 우레 차거운 빗소리"에서 계절의 감각이 지나가고, 곧바로 "봉천역 2번 출구"라는 도시의 일상적 좌표가 등장한다. 좌판, 곶감 한 묶음, 간절한 아내의 생각은 생계와 정서가 얽힌 현재형의 삶을 드러낸다. 여기서 화자는 관찰자이면서 동시에 얽힌 당사자다. "늘 어쩌나"라는 말은 결론 없는 걱정을 반복한다. 가물치의 등장은 시의 정서를 급격히 생물적 차원으로 끌어내린다. "붉은 눈을 부릅뜨고 간다"는 표현은 설명되지 않은 위협과 긴장을 남긴다. 이어지는 "젊은 사과를 조심해"는 명확한 대상 없이 던져진 경고로 욕망과 선택의 위험을 암시한다. 이 경고는 교훈으로 정리되지 않고 공중에 떠 있는 상태로 유지된다. 마지막에서 SARA와 화자는 "시간의 궤도에서 잠깐 비켜선다". 이는 폭발이나 귀환, 결단이 아니라 의도적인 이탈이다.

시는 끝내 하나의 의미나 결론에 도달하지 않고 각주처럼 덧붙여진 이름과 언어 속으로 물러난다. 이 물러남은 실패가 아니라 태도이다. 세계의 속도와 충돌을 그대로 받아들이지 않고 잠시 옆으로 비켜서는 선택, 서사의 완성을 중점에 둔 것이 아닌 리비도, 기억, 장소, 생물이 서로 스치며 내는 불안정한 운동 상태를 유지한다. 정지 화면이 아니라는 말은 단순히 상태가 정지한 것이 아닌 이 시가 끝난 뒤에도 감각과 질문이 계속 움직인다는 뜻을 의미하는 것이 아닐까.

위 두 시가 여러 작품 중에서 내게 인상 깊게 다가온 이유는 아무래도 봉천동이라는 익숙한 동네가 자주 나와서인 것 같다. 내게 봉천동은 단순한 지명이 아니다. 어렸을 적 추억이 담긴 동네로 그곳에서 나는 어린 시절을 보냈다. 할아버지 댁에서 주말마다 먹고 자고 성당을 다니면서 걸어 다녔던 그 동네. 할아버지 집 옥상에서 본 봉천동의 풍경 그 모든 것이 다 내게는 어린 시절 소중한 추억이자 행복이었다. 그래서 '봉천'이라는 이름이 내게 주는 느낌은 그 어떤 지명보다 특별하다.

  한편, 두 작품 모두 생명을 다루고 있는 점이 현재의 할아버지 상황과 많이 연관됐다는 생각이 들어 많은 슬픔을 가져왔다. 이번 감상평을 적으며 3부의 「정지 상황은 아님」에서 부제로 있는 리비도 뜻을 찾아보았다. 리비도는 심리학에서 사람이 내재적으로 갖고 있는 정신적 에너지를 의미한다고 한다. 현재 할아버지께서 큰 병에 걸리셔서 심적으로, 육체적으로 힘든 상황에 처해 있으시다. 그래서 시에서 '폭발한다'라는 명령문처럼 정신적인 에너지가 폭발하여 할아버지께서 현재 겪고 있는 병을 잘 극복하고 손자인 나랑 오래 계시면 좋겠다는 생각이 들었다. "점차 거칠어지는 시인의 숨소리"가 아닌 "점차 편해지는 시인의 숨소리"가 되었으면 좋겠다. 봉천동 할아버지 사무실에서 건강한 할아버지와 함께할 날을 바라면서 할아버지 시에 대한 감상평을 마무리한다.

김승훈

「말똥가리 제3의 손톱」.

할아버지의 시를 읽으려고 하는데 시의 제목을 보고 이게 무슨 뜻인지 호기심이 생겨 읽었다. 그러다 내 이야기가 나오게 되면서 반가운 마음이 들었다. 하지만 시의 내용을 읽는데 무슨 뜻인지 몰라 이해가 안되는 부분도 많았다. 그래서 시의 내용에 대하여 더욱 알아보고 싶다는 생각이 들게 되었다.

참 신기롭다.